그리운 그대 쪽으로
내 고개가 돌아가네

그리운
그대 쪽으로
내 고개가 돌아가네

초판 1쇄 발행 | 2020년 8월 20일

지은이 | 이동식
펴낸이 | 김형호
펴낸곳 | 아름다운날
편집주간 | 조종순
북디자인 | Design이즈

출판등록 | 1999년 11월 22일
주소 | (04031) 서울시 마포구 서교동 351-10 동보빌딩 202호
전화 | 02) 3142-8420
팩스 | 02) 3143-4154
이메일 | arumbook@hanmail.net

ISBN | 979-11-86809-93 -8 03810

이 도서의 국립중앙도서관 출판예정도서목록(CIP)은 서지정보유통지원시스템 홈페이지
(http://seoji.nl.go.kr)와 국가자료공동목록시스템(http://www.nl.go.kolisnet)에서 이용하실
수 있습니다.(CIP 제어번호: 2020029340)

그리운
그대 쪽으로
내 고개가 돌아가네

시인이 그린 그림을 넣은 시화집
첫 번째

이 동 식 시 · 그림

시인의 말

저는 언제나 독자를 위해 마음에 담기는 좋은 글을 쓰는 것이, 제가 독자에게 줄 수 있는 최고의 선물이라 생각하며 글을 씁니다.

이번 시집은 〈제가 쓴 시에다 제가 그린 그림을 넣어 만든 시화집〉입니다. 저는 초등학교 다닐 때 만화 그림을 곧잘 그려서, 그때 이미 친구들에게 그림 잘 그리는 사람으로 소문이 났었습니다.

하지만 중학교에 들어오면서부터 글과 그림 중 하나를 선택해야 했는데, 저는 조금도 망설이지 않고 글짓기를 선택하여 글짓기와 독서에 제 열정을 투자했습니다. 그리고 시 쓰기는 1990년에 출간한 시집 〈하나가 아닌 둘은 세상에 모든 것을 헤쳐 나가고도 남을 넉넉한 힘을 가지고 있습니다〉가 베스트셀러 1위에 오르면서 독자에게 인정받기 시작했으며, 세월이 흘러 또 한 권의 시집 〈살아가는 동안에 그대만큼 그리운 사람이 또 있을까요〉가 2002년에 출간 즉시 꾸준히 팔리더니, 2011년 출간 9년 만에 시집부분 베스트셀러 4위에 오르는 기염을 토하며 현재까지 독자들의 사랑을 받고 있습니다.

특히 이번에 출간하는 시화집 〈그리운 그대 쪽으로 내 고개가 돌아가네〉는 제가 그린 그림뿐만 아니라 몇 편의 시를 빼고는 모든 시가 짧은 시들로 구성되어 있는 '사랑시집'입니다. 최대한 시가 짧으면서도 독자의 마음에 와 닿는 글을 쓰기 위해 오랜 시간 노력한 끝에, 이번 시화집을 출간하게 되었습니다.

아무쪼록 이번 시화집이 독자의 마음을 행복하게 만드는 그런 시화집으로 남기를 진심으로 바랍니다.

2020년 여름날에 이 동 식

I

그럴 수 있다면 나는

2

이럴 땐 핸드폰의 도움을 받아야겠지요

3

사는 게 꽃 같이 행복하다

4

우리의 사랑이란

1

그럴 수 있다면 나는

너

내겐
아름다움 위에
아름다움이 있는데

그건 바로
꽃 위에
너.

그럴 수 있다면 나는

나는 말이지요,
시간이 남아돈다는 사람을 만나면
그 남아도는 시간을
내게 달라고 부탁을 하거나
또는 통사정을 해보거나
아니면 졸라보고 싶습니다.

내 시간으로는 맨 날 부족한
그대 사랑하는 시간을
달래서 얻어온 시간으로
더 사랑하며 살 수 있게 말이지요.

그럴 수 있다면 나는
그대 사랑하며 사는 일이
참으로 더 행복할 것 같습니다.

내가 그대를 선택한 것은

내가 그대를 선택한 것은
언젠간 후회할 짓이 아니라
언제까지나 사랑할 짓이라는 걸
나는 조금도 믿어 의심치 않습니다.

내 남은 인생
오롯이 그대만을 사랑하며
정말이지 행복하게 살아가겠습니다.

솔직한 심정

당신이 있는 곳이 그 어디든
슬픔이나 아픔 없이
웃음을 활짝 웃으며
꽃을 바라보는 삶을 살았으면 합니다.
별을 바라보는 삶을 살았으면 합니다.

당신에게는 행복이
멀리에 있지 않았으면 합니다.
당신의 눈길이 머무는 가까운 곳에 있어
당신의 손길이 가닿는 가차운 곳에 있어
당신이 언제나 행복과 어울려
기쁘고 즐겁게 살아갔으면 합니다.

이것이 당신에 대한
지금 내가 가지고 있는
온기 따뜻한 바람이자 솔직한 심정입니다.

완전한 사랑

가지 말란다고 해서
가지 않을 수 있다면
하지 말란다고 해서
하지 않을 수 있다면
그건 아직 완전한 사랑이라 할 수 없습니다.

가지 말란다고 해도
기어이 가고야 말 때
하지 말란다고 해도
기필코 하고야 말 때
그럴 때야 완전한 사랑이라 할 수 있습니다.

사랑쌍둥이

그대와 나는
쌍둥이.

닮았다고요.
그러면 그대와 나는
일란성쌍둥이.

닮지 않았다고요.
그러면 그대와 나는
이란성쌍둥이.

닮았든, 닮지 않았든
그대와 나는 평생을 손잡고
룰루랄라 함께 살아가야 할,

아! 사랑쌍둥이.

짧은 시, 큰 소원

단 하루를 살다가더라도
한번은 당신과 살아보고 싶습니다.

이것이 지금 내 마음을
다 채우고도 남아있는
당신을 향한 단 하나의
내 소중하고도 소중한 소원입니다.

소망

그대가 내게 있는 건
어떠한 일이 있더라도
짐이 아니라
언제나 내 인생을 활기차게
살아가게 해주는
힘입니다. 그것도 아주
절대적인 힘입니다.

만약 그대가 내게
짐이 될 때가 있다면
그것은 그대가
내게 없을 때, 그 때뿐입니다.

그러니 그대
영원히 나에게 힘이 될 수 있게끔
내게, 내 곁에
생의 마지막 날까지 함께 있어주길
소망하고 또 소망합니다.

목숨을 걸고

겨울이
아무리 추워도
결코 얼음으로
얼리지 못하는 것은
내가 그대를
사랑하는 마음.

목숨을 걸고
내가 그대를
사랑하고 또 사랑하는 마음.

태어나서 처음

태어나서 처음
사랑한다고 말하고 싶은
사람이 생겼다.

이게 정말이지
목숨을 걸어도 좋은
그런 사랑인지는 몰라도

지금 나에겐 간절하게
사랑한다고 말하고 싶은
난생 처음 그냥 좋아서 좋은,
그런 좋은 사람이 생겼다.

그건 바로 어느 순간 내게
꽃이 되어버린,
별이 되어버린

그대, 그대, 그대!

사랑에도 자세가 필요합니다

아무리
그냥 하는 말일지라도
<사랑, 아무나랑 하면 되지>라고
말하지는 마세요.

짚신도 짝이 있는 게 사랑인데
아무나 하고 사랑한다면
당신도 아무나가 되고 마는 것입니다.

사랑에도 자세가 필요합니다.
사랑하면 사랑할수록 더 좋은 마음으로
사랑하는 사람에게로 다가가야 하는 것입니다.

누군가를 사랑한다는 것은
자신의 인생 전부를 걸 때만
온전한 사랑이 되어
소중한 사람으로 당신의 마음을 온통
물들이고도 남는 사랑이 되어주는 것입니다.

여름날에

바람이 왜 부는지
나는 모른다.
그저 바람이 불면
시원해서 좋다.

그대가 왜 좋은지
나는 모른다.
그냥 그대를 보면
행복해서 좋다.

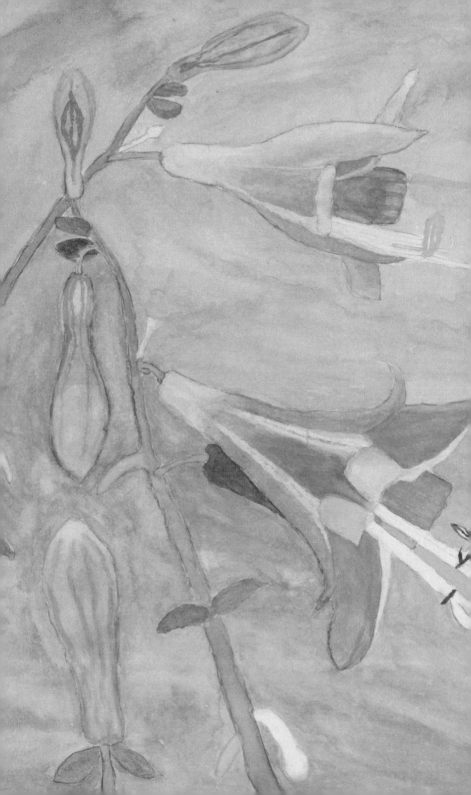

사랑한다는 것은

때로는 전화나 문자로 말고
직접 찾아가 자신의 현재 마음을
사랑하는 사람에게 미소 가득한 얼굴로
보여주는 것이 좋습니다.

눈코뜰새 없이 바쁘고
때로는 만사가 귀찮아도
바쁨과 귀찮음을 뒤로하고 무작정 달려가
사랑하는 사람을 가슴 깊이 꼬옥 안아주세요.

사랑한다는 것은
때로 사랑하는 사람이
미치도록 보고 싶은 마음을 참지 않고
득달같이 달려가 실행으로 옮기는 것입니다.
머뭇거림 없이 행동으로 표현하는 것입니다.

아, 이 세상에
이런 사람 한 명쯤 있어야, 그래야만
인생을 살맛나게 살아가는 거 아닐까요.

너와 함께 보내는 시간은

나는 너와 나란히
그네에 앉아 있는 게 좋다.

때론 마주 바라보면서
때론 마주 바라보며 웃으면서
때론 마주 바라보며 말을 주고받으면서

그러다가 너의 그네를
내가 다정하게 밀어주기도 하면서,
이렇게 너와 나란히 그네에 앉아
함께 시간을 보내는 게
나는 너무나 좋다.

너와 함께 보내는 시간은
세상에서 제일 잘 보낸 아주 소중한 시간이므로,

정말이지 너와 함께 보내는 시간보다
더 잘 보낼 수 있는 행복한 시간은
세상 어디에도 없으므로.

내 사랑의 소망

불이 났는데,
그 불길 속으로 뛰어 들어가도
타 죽지 않는 불이 있습니다.

그대가 내 마음에 질러버린 불,
그대를 위해 내가 가진 모든 것을 태워버리고
그 태워진 빈자리에
그대를 채워도 다 채우지 못하는
그대가 내 마음에 질러버린 사랑의 불, 불이여!

소방호수로 줄기차게 물을 뿌려 돼도
소방헬기로 집중적으로 물을 투하해도
결코 꺼트릴 수 없는
그대 사랑하여 내 마음에 붙어버린 불.

나 이제 이 불 끝끝내 꺼트리지 않고
그대만을 사랑하며 평생 살아가고 싶습니다.
그대만을 사랑하며 평생 행복하게 살아가고 싶습니다.

추억이 되는 사랑싸움

추억이란
싸움마저도 추억이 될 수 있는데
추억이 되는 싸움은
시간이 흘렀을 때
그리움이 되어 남는 것만
추억이 된다.

아무리 시간이 흘러도 그리움이 되지 못하고
생각하기도 싫은 환멸로 남는 것은
결코 추억이 될 수 없다.

나는 너와 싸움을 하더라도
시간이 흘렀을 때 그리움이 되어 남는
그런 싸움만 하며 살아가고 싶다.

평생 칼로 물 베기인
그런 추억이 되는 사랑싸움만 하며 살아가고 싶다.

행복을 위한 작은 글

이 세상에서
내 마음이 그 어디보다
평온하게 머물러 지낼 집이
그대였으면,
그대 마음속이었으면
내 마음은 그지없이
참으로 행복하겠습니다.

내 마음이 그대 마음속에서
중간에 깨지지 않고
평생을 죽도록 사랑하며 살아갔으면
내 마음은 조금의 아쉬움도 없이
참으로 행복하고도 행복하겠습니다.

콩깍지라는 안경

벗지 않을 거야.
아직 벗으려면 먼
너만이 내게 씌워줄 수 있는
콩깍지라는 안경.

시간이 얼마를 흐르던
나는 벗지 않을 거야.
너 하나한테만 가슴이 콩닥거리는,
평생을 쓰고 있어도 좋은
너만을 바라보고 사는
콩깍지라는 안경.

너를 향해 내 눈에 씌워진
콩깍지라는 안경이 있어
나는 지금 참으로 행복해.

내가 사랑을 하는 건

내가 마당을 쓰는 건
그만큼 세상이
깨끗해지기 때문입니다.

내가 꽃을 심는 건
그만큼 세상이
아름다워지기 때문입니다.

내가 사랑을 하는 건
그만큼 세상이
행복해지기 때문입니다.

나는 너에게

나는 너에게 대접을 받는
소중한 사람이 되기보단
필요한 사람이 되고 싶다.

비가 올 때 필요한 것은 우산.
목이 마를 때 필요한 것은 물.
눈물이 날 때 필요한 것은 손수건.
날씨가 추울 때 필요한 것은 난로……

이렇듯 필요한 사람이 되어
나는 너의 삶에 조금이라도
위안과 행복을 주는, 그런 사람으로
네 곁에서 한평생 살아가고 싶다.

너에게

곱다.
예쁘다.
아름답다.
향긋하다.

꽃인 너에게
내가 늘상
해주고 싶은 말.

그립다.
보고프다.
사랑스럽다.
특별하다.

인연이 너에게
내가 항상
해주고 싶은 말.

연리지

너와 나는
만난 것이 반가워서
악수를 청했는데
근데 손이 딱 붙어
떨어지지를 않네.

너와 나는
이 세상에서 반드시 만나
살아가야 하는 인연이어서
맛나고 몸에 좋은 거 서로 나누며 사는,
정말로 소중하고도 소중한
그런 사랑이 되고 말았네.

두물머리에서

두물머리는
만남이 어떠해야하는지 알려주는
표본의 장소.

각각 흘러온 남한강과 북한강이
한강이란 이름으로 만나면
강폭은 더욱 넓어지고
수심은 더욱 깊어져,

만남은 혼자였을 때와는 다르게
서로를 생각하는 마음 씀씀이는 더 넓어져야 하고
서로를 대하는 마음 가짐은 더 깊어져야 한다고,

만남은, 둘이 만나서 하는 사랑은
혼자였을 때 채우고 있던 <나>는 모두 비우고
그 자리에다 간 온통 <상대>를 가득 채우고
그렇게, 그렇게 살아가는 것이라고
두물머리는 힘주어 말하고 있네.
두물머리는 힘주어, 힘주어 말하고 있네.

어쩌다 그대

어쩌다 그대
만나다보니
다른 게 되지 않고
사랑이 되었네.
사랑이 되어
마음에 꽃 피고 말았네.

아, 세상에서 가장
예쁜 꽃이 피고 말았네.

가장 소중한 내가

사람은 누구나 자기가
제일로 소중한 사람이지요.

그럼으로 나에게 있어선
내가 제일로 소중한 사람인 건
참으로 맞는 말인데
웬일인지 그대마저도
하늘만큼 땅만큼
소중한 사람이 되네요.

그래서 곰곰 생각해보았더니
그것은 다름이 아니라
가장 소중한 내가
사랑하는 사람이 그대이니까
그것은 그 누구도 뭐라 할 수 없는
당연하고도 당연한 일이네요.

비록 행복이 없다 해도

비록 행복이 없다 해도
비록 희망이 없다 해도
사람은 사랑 하나만 있으면
얼마든지 살 수 있다.

사람에게 사랑만 있으면
없던 행복도 다시 만들어 내고
없던 희망도 다시 만들어 낼 수 있는
마법을 지니고 있기 때문이다.

나와 함께하는

저리
아름다운 사람이 많아도
유독 마음을 끄는 사람은
한 사람뿐이지요.

멀리서 바라보아도
꽃임을 알아보게 하는 사람.
구름 속에 가려져 있어도
별임을 알아보게 하는 사람.

보는 순간 유독
마음을 끈 사람이라서
평생 잊혀질리는 없는 사람이지요.

아, 그 사람 나와 함께하는
사람이 되어준다면
이것보다 더 좋은 일은
아마도 죽을 때까지 내겐 없을 것입니다.

임이여, 고맙네

임이여, 고맙네.
내 사랑의 집에
그대 이름으로 문패를 달아줘서.

비어 있을 땐
거미줄이 쳐져 있고
문풍지는 너덜너덜,
차갑고도 쓸쓸한 공기만이
을씨년스럽게 채워져 있던 내 사랑의 집에

그대가 들어와 주인이 된 뒤엔
방은 훈기 돌고
가구는 윤기 나고
화단엔 넝쿨장미가 가득,
사는 재미가 나네.

사랑과 자존심

사랑하는 사람에게는
자존심을 갖지 마세요.
자존심은 남에게나 갖거나
또는 세우는 것이니까요.

그대도 아시죠!
사랑하는 사람은 남이 아니라
자신보다 더 소중한 사람이란 걸.

화수분

너에게
그렇게 그리움을 보내도
언제나 그득그득 채워져 있는
내 그리움의 화수분.

너에게
그렇게 보고픔을 보내도
언제나 가득가득 채워져 있는
내 보고픔의 화수분.

내 마음엔 너를 향한
그리움의 화수분이 있어,
보고픔의 화수분이 있어
어느 때나 설렘이 넘치는 사랑으로 산다.

2

이럴 땐
핸드폰의 도움을
받아야겠지요

그대만 보면

왜 날
사랑하냐고
묻지를 마오,

그대만 보면
가슴이 이렇게 뛰는 걸
낸들 어떡하란 말이오.

그대만 보면
가슴이 이렇게
쿵덕쿵덕 뛰어서 죽겠는 걸,
그래서 그대 없인
잠시도 살 수가 없겠는 걸,

아, 정녕 낸들
어떡하란 말이오.

내가 집에서

집에 살아도
집의 고마움을 잘 모르고
그간 살아왔는데,

네가 내 마음에 들어와
내 마음을 집으로 알고 살게 되자
집이 이렇게 안락하고 든든한
삶의 공간임을 깨달아
집에게 고맙고
너에게 고맙다.

내가 집에서
세상 어느 곳보다 편안하게
생활하며 살아가듯이
너도 내 마음의 집에서
세상 어느 곳보다 편안하게
생활하며 살아가기를
나는 오늘도 어제와 똑같이 바라며 산다.

이럴 땐 핸드폰의 도움을 받아야겠지요

이렇게 금방
당신이 그리워질 줄은
당신이 보고파질 줄은
나는 아주 조금도
짐작하지 못했어요.

그런데 당신과 헤어지고
당신 보이지 않게 되자
그때부터 당신이 그렇게
그리워지는 거예요.
보고파지는 거예요.

아, 이럴 땐
핸드폰의 도움을 받아야겠지요.
당신이 지금 무척
그립고 보고프다는 문자를
다름 아닌 당신의 심장에다
무차별 저격을 해야겠지요.

가을너머 다가올 이번 겨울엔

너로 인해 내 사랑이
온 들녘이 저마다의 빛깔로,
아주 보기 좋게 결실을 맺어
내 사랑도 너와의 결실로 점점 무르익어
올해도 마음 가득히 풍년이 들었다.

올해도 마음 가득 풍년이 들어
너와 나의 사랑은 곧이어 다가올 겨울을
가스보일러론 따뜻하게 실내를 덥히고
손으론 든든히 채워진 배를 두드리며,
서로를 바라보는 눈에는
아주 넉넉하게 온기가 담겨져 있어
누가 먼저랄 것도 없이 아이 하나 만드는 계절이 되리라.

아, 다가올 이번 겨울엔.

결국엔 너와 나의 사랑이

너와 나의 사랑에
천둥번개가 쳐도
비바람이 불고 눈보라가 쳐도
강력한 태풍
허리케인이 몰아쳐 와도
너와 함께라면
나는 무섭지 않다.

결국엔
너와 나의 사랑이
이 모든 것을 이겨내고 말테니까.

플랜B

일에는 플랜B가 있어도
사랑엔 플랜B가 없어요.

내가 하는 일에는
플랜B가 준비되어 있지만
내가 그대 사랑하는 데에는
플랜B가 없어요.

만약에 있다면
어떠한 일이 있더라도
그대를 더욱 사랑하는 것이
플랜B라면 플랜B일 거예요.

사랑의 힘

그대와 나의 만남은
화려한 싱글보다
몇 배 더 화려한 더블이
될 거예요.

이것이 그대와 나의 만남이
지니고 있는
사랑의 힘이니까요.

네 인생을 꽃처럼 아름답게

바람이 가장 쎈 바람으로 불어와도
추위가 가장 혹독한 추위로 추워져도
어둠이 가장 짙은 어둠으로 까매져도

나는 내가 세상에 피워내야 하는 꽃을
가장 어여쁜 모습으로 피워 내어
네 인생을 꽃처럼 아름답게 수놓아 주고 싶다.

먼 훗날에도 여전히

그리운 그대 쪽으로
내 고개가 돌아가네.

아무리 아닌 것처럼
감추고 감추려 해도
어느새 저절로 돌아가
그대를 보고 있는 나.

보고 있어도 보고 싶은
그대라는 사람 맘속에 있어
어제도 내 사랑이었고
오늘도 내 사랑이듯이

먼 훗날에도 여전히
내 사랑일 것 같아서
내 마음 오늘도 그저
그대 사랑하는 맘을 멈추지 않으니,
마냥 행복이 겨울을 이겨낸 봄 햇살처럼
쏟아져 내려줘서 참으로 좋기만 하네.

네가 행복해하는 일이라면

널 만나고 나서
나는 더는 소원이 없어졌어.
더 소원을 갖는다면 그건 욕심이니까.
널 사랑함에 욕심이 있다면
그건 죄가 되는 것이니까.

그러나 한 가지
네가 행복해하는 일이라면
그것이 설령 욕심일지라도 나는 하겠어.
네가 행복해하는 일이라면
그건 죄가 되지 않는 일이니까.

바로 너다

내가 한 송이
꽃으로 피어난 것은
어떤 그리움 하나가
이 세상으로 나를
불러냈기 때문이다.

내가 한 점
별로 태어난 것은
어떤 보고픔 하나가
이 세상으로 나를
이끌었기 때문이다.

그 사람이 누굴까
곰곰 생각해보니,

바로
너다.

내 눈은 거울

내 눈은 거울.
너만을 비추는 거울.

내 눈은 거울.
평생 너만을 비추며 살아가고 싶은 거울.

정동진에서

그립다.
보고프다.

그대가.

파도가 바위를
철썩 때리듯

그대가 내 마음을
철썩, 철썩, 철썩⋯⋯

그립다.
보고프다.

그대가 아주 많이.

사랑1

수줍어도
숨지 않고
핀다는 게
풀꽃의 매력입니다.

숨지 않고
자신의 모습을
보여주는 데서
시작되는 게
사랑의 매력입니다.

사랑한다면
숨지 말고
자신의 매력을
맘껏 발산하기 바랍니다.

마음속에 사랑심기

너는 나의 사랑의 나무,
나의 마음속에 너를 심었다.

강한 태풍에 네가 꺾이지 않도록,
심한 가뭄에 네가 말라죽지 않도록,
나는 너를 마음밖에 심지 않고
마음속에 심었다.

너라는 사랑의 나무를 마음속에 심은 것은
어떠한 일이 있어도 너를 지켜주기 위한 것,

이것이 네가 나의 사랑의 나무인 이유,
나는 너를 지켜줄 수 있다는
그 이유 하나만으로도 오늘도 한 없이
마음속이 즐거워서 좋다.
마음속이 행복해서 좋다.

이 세상에서 늘 내 사랑으로

이제 거대한 태풍이
내 인생을 향하여 쳐들어와도
나는 절대 피하지 않을 거예요.

이제 거대한 태풍이
내 인생을 향하여 쳐들어와도
피하지 않는 건, 그건 내 인생 속에
나만이 있지 않기 때문이에요.

그건 내 인생 속을 찬찬히 들여다보면
보아도, 보아도 보고프게
풀꽃 하나가 곱게 피어 있기 때문이에요.

이 세상에서 늘 내 사랑으로
지켜가야만 하는 그런 풀꽃 하나가
그립고도 소중하게 피어 있기 때문이에요.

그대가 있어 내 삶이

힘들 때 그리운 사람이지만
기쁠 땐 더 그리워지는 사람.

슬플 때 생각나는 사람이지만
행복할 땐 더 생각나는 사람.

무서울 때 함께하고픈 사람이지만
즐거울 땐 더 함께하고픈 사람.

외로울 때 보고픈 사람이지만
사랑할 땐 더 보고픈 사람.

그 사람은 바로 언제나
사철 봄날 같은 그대입니다.
그대가 있어 내 삶이 따뜻하고 아름답습니다.

카메라로 꽃을 찍으면

카메라로 꽃을 찍으면
어찌된 일인지 꽃이 찍히지 않고
네가 찍혀. 예쁜 꽃보다 더 예쁘게
사랑스런 모습으로 네가 찍혀.

카메라로 꽃을 찍을 때
꽃이 아니고 네가 찍히는 것은
내게 있어선 네가 꽃보다 훨씬 더
아름다워 보이기 때문이야.

담장 위에 핀 넝쿨장미꽃보다도
네가 훨씬 더
아름다워 보이기 때문이야.

꽃피는 봄날이 오고 있다

나를 사랑해주는 사람이
이 세상에 있다는 것,
그것이 내 인생에 있어서
가장 커다란 힘이 된다.

내 곁에 머물러 내게
용기, 위로, 소망을 주는
사람인 그대여!
그대가 있어 내 인생에서
가장 아름다운 계절인
꽃피는 봄날이 오고 있다.

그대는

그대는 내가
그토록 원하던 사람.

참으로 오래
기다렸지만
그래도 그대를
만나 살 수 있어
너무나 다행입니다.
정말로 행복입니다.

꽃처럼

꽃처럼
그대 계속해서
웃고 살 수 있도록
내가 더 그대에게
잘 해야겠어요.

그대 사랑할수록
요즘 부쩍
이런 생각이 많이 드네요.

어제도 사랑했듯이
오늘도 참으로 많이
그대를 사랑하고 있습니다.

너 하나 마음에 담았더니

너 하나 마음에 담았더니
황무지 같던 내 마음에
꽃이 펴 꽃밭이 되었네.
다른 사람은 아무리 마음에 담아도
황무지 같은 내 마음을 바꿔놓지 못하는데
너는 무슨 힘을 가졌는지
황무지를 꽃밭으로 바꿔선
향기가 진동하게 하네.
아무리 생각해 보아도
황무지를 꽃밭으로 바꿔놓는 너는
너 자체가 아름다운 사람이란 생각이 들어.
네가 내 마음속에 있어서 그런지
세상이 온통 아름답게만 보여.
너는 고운 마음씨를 지녀서
사철 내 마음을 물들이는
지상에 사는 천사가 틀림없어.

내가 그대를

우리나라에서는 어디서 보던
겨울바다가 얼지 않지만
추운 북극이나 남극에서는
속절없이 얼어버리는 게
겨울바다이지요. 아니
북극이나 남극은 겨울이 아니더라도
사철 꽁꽁 얼어 있지요. 근데 이 사철
얼어있는 북극이나 남극에서도
얼지 않는 것이 있으니, 그것은
사람이 사람을 사랑하는 마음입니다.

평생 겨울을 따듯하게 보내는
가장 쉬우면서도
행복하기까지 한 방법은
사랑하는 사람을 마음에 담고
살아가는 것입니다. 내가 그대를
사랑하며 살아가는 것처럼 말이지요.

그대가 함께 해주면

설령 내가 갈대라 해도
그대가 함께 해주면
아무리 강한 바람이 불어도
결코 나는 흔들리지 않는
갈대가 될 것입니다.

설령 내가 등불이라 해도
그대가 곁에 있어 주면
아무리 강한 바람이 불어도
결코 나는 꺼지지 않는
등불이 될 것입니다.

그것은 그대가 나를 사랑하는 사랑이
내가 그대를 사랑하는 사랑이
불어오는 바람이 아무리 강해도
그것을 넉넉히 이겨내고도 남을
힘을 가지고 있기 때문입니다.

빗자루

나는 너의 빗자루.

나는 너를
외롭지 않게 만드는 빗자루.

네 가는 길에
외로움이 낙엽처럼 떨어져
쌓이지 않도록

그리하여 네가
외로움에 묻혀
조금도 지내지 않도록
싹싹 쓸어버리는

나는 너의 영원한 빗자루.

3

사는 게
꽃 같이 행복하다

마음에

마음에
사람이 들어온다는 것은
꽃이 핀다는 거예요.

시간이 흐를수록
그 꽃 더 예뻐져
점점 보고 싶어지는 것,

그것이
사랑이 된다는 거예요.

나에게서 너를 뺀다면

장미꽃나무에서 장미꽃을 뺀다면
가시나무에 불과하듯이,
나에게서 너를 뺀다면
조갯살 빠진 빈껍데기에 불과하지.

물이 없으면 살 수 없는 물고기처럼
너 없는 내 인생은 생각할 수가 없지.
너만이 나를 꿈꾸게 하고
너만이 나를 살아가게 하지.

사랑엽서

별빛과 꽃 향과 새 울음소리,
산골짝을 흘러내리는 맑은 물소리와
땀을 식혀주는 선선한 바람이 지나가는
나무 이파리의 떨림,
햇살마저 알맞은 온도의 가을하늘……
무공해로만 모아
신선한 자연들로만 빚어낸 선물은
달달하고도 달달한 언어로 써낸,

'살아서도 죽어서도 너를 사랑해!'

그것은 무엇보다도

내가 그대 때문에
항상 웃음을 달고 사는 건

그것은 무엇보다도
그대가, 내가 사랑을 맘껏 줄 수 있는
사람이기 때문입니다.
그것은 무엇보다도
그대가, 내게 사랑을 듬뿍 주는
사람이기 때문입니다.

그것은 서로 사랑을 주고받으며
이 세상에서 가장 큰
축복이 돼 주는 사람이기 때문입니다.
행복이 돼 주는 사람이기 때문입니다.

사는 게 꽃 같이 행복하다

나는 너를 사랑하고
너에게서 나는 즐거움을 충전한다.
네가 없을 땐 무미하던 나의 삶에
네가 들어오면서 신바람 나는
초록빛휘파람을 불고 있다.

산다는 것이 이렇게 좋은 거구나.
살아가는 하루하루 너를 보면서
나는 느끼고 있다.
생각할수록
지금의 나의 삶은 네가 있어
사는 게 꽃 같이 행복하다.

네가 그리운 건

네가 그리운 건
너와 함께 행복하게
살고 싶기 때문이야.

너와 함께 가는 길에
별이 뜨지 않고
꽃이 피지 않아도 좋아.
나에겐 있어선
네가 별이고
네가 꽃이기 때문이야.

너와 나, 서로가
서로를 바라보는 눈빛은
오늘의 꿈이고 내일의 희망이야.

그대의 잔소리

그대가 걱정으로 하는 잔소리는
그 잔소리를 듣는 나에게도
듣기 싫은 소리로 들리는 것이 아니라
애정이 듬뿍 담긴 소리로 들린다.

그래서인지 오래도록 멀리 떨어져 지낼 때는
때론 그대의 잔소리가 그리워지기도 한다.
때론 그대의 잔소리가 듣고 싶어지기도 한다.

교집합

그대와 나 사이에는
교집합이 많았으면 하네.

그대와 나 사이에는
만남의 시간이 늘어날수록
교집합도 점점 늘어났으면 하네.

그러다가 어느 날엔 간
그대와 나 사이에는
다름은 조금도, 하나도 없이
온통 교집합만으로
가득가득 채워줬으면 하네.

나의 이름은

나의 이름은 누군가에게
불리어지게 지어진 것이지만
그렇다고 아무나 부른다고
꽃처럼 향기가 나고
별처럼 빛이 나는 건 아닙니다.

나의 이름은 다름 아닌
그대에게 불리어질 때
비로소 꽃처럼 향기가 나고
비로소 별처럼 빛이 납니다.

나의 이름은 다름 아닌
그대에게 불려 졌을 때만
그때서야 보고픔이 되고
그리움이 되고 사랑이 됩니다.

그대와 함께라면

사막에서 일지라도
오아시스는 없어도
그대만 있다면
나는 웃을 수 있네.

그대와 함께
나란히 찍히는 발자국이
나침반이 되어
반드시 그대와 나를
오아시스로 데려다 줄 것이니.

설령 사막에서 일지라도
그대와 함께라면
나는 그것 하나만으로도
충분히 행복할 수 있어서 좋다네.

사랑하는 사람을 위한 생일엽서

네가 태어난 것은
너에게도 축복이지만
나에게도 축복이야.

네가 태어나 이렇게 그리운
서로의 사랑이 되어 살아간다는 것은
만남 중에 만남, 인연 중에 인연이야.

네가 태어난 날을 축복하는 오늘
부디 건강하고 언제나 행복하기만을
나는 두 손 모아 온 마음을 다해 기도하고 있어.

너의 생일을 맞아 나 새로이 다짐하노니
앞으로 더욱더 너만을 사랑하겠어.
앞으로 더욱더 너만을 사랑하며 살아가겠어.

사랑의 등대

등대라는 게 누군가에게는
여행코스 중 하나지만
누군가에게는 길을 잃지 않게 만드는
불빛을 내뿜는 길잡이이기도 하지요.

나는 너에게 등대가 되고 싶어요.
네가 나에게로 오는 길을
잃지 않게 만드는
나는 너에게 사랑의 등대가 되고 싶어요.

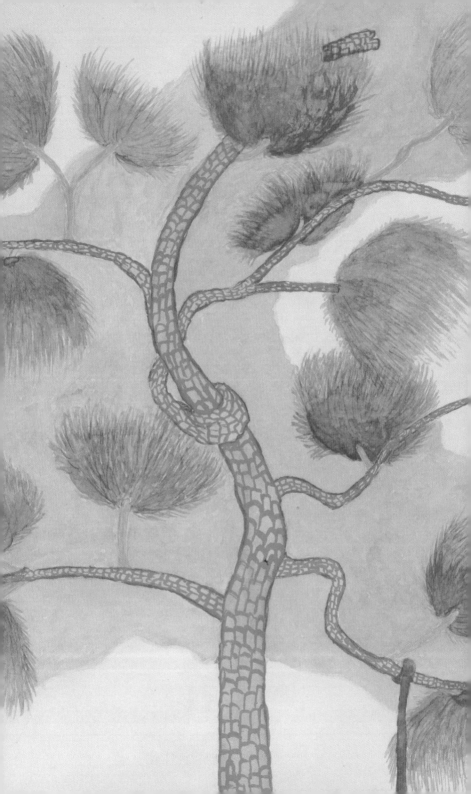

내가 살아있는 동안엔

내가 꿈을 꾸고
희망을 갖는 이유는
오직 너 때문인 것을.

네가 없었다면
나도 없었을 세상.

네가 있기 때문에
내가 살아있는 동안엔
너보다 더 좋은 것은
아마도 없을 거야.

즐거운 마음으로

바람은 힘들어하는
구름을 지나칠 수 없어
뒤에서 밀며 갑니다.

내가 힘들어하는 그대를
그냥 지나칠 수 없어
뒤에서 밀며가는 것처럼

사랑이란 힘들어하는 것을
차마 지나칠 수 없어
뒤에서 밀며가는 것입니다.

조금의 싫은 기색도 없이
언제까지나 행복하게, 소중하게,
즐거운 마음으로 말입니다.

진작 너를 사랑할걸 그랬어

너를 사랑하니
이렇게 좋은데
이렇게 행복한데

진작 너를 사랑할걸 그랬어.
진작 너를 만나 사랑할걸 그랬어.

지금 그게 가장 후회가 돼.

축복받은 일입니다

모르는 사람이 만나
아는 사람이 되어가는 것은,
모르는 사람으로 만나
사랑하는 사람이 되어가는 것은

그것은 세상에서 제일가는,
정말로 어디에서도 얻을 수 없는
행복받은 일이고 축복받은 일입니다.

나에게 있어 내 인생은

나는 네가
해달라고 하지 않아도
해줄 것이 많았으면
참으로 행복하겠습니다.

나는 네게
장미꽃이 아니라면
풀꽃으로라도 피었으면
참으로 행복하겠습니다.

그것은
나에게 있어 내 인생은
너와 함께해야
비로소 행복해질 수 있는
그런 인생으로 태어났기 때문입니다.

사랑 2

거북이처럼 느려도
사랑하는 이에게로 가는
방향만을 잃지 말고서
그저 묵묵히 가기 바랍니다.

참사랑이라면
거북이처럼 느려도
기다려주게 되어 있는 게
사랑이니까요.

또 어떤 사랑은
거북이 같은 느림을
좋게 봐주는 사랑도 있다는 걸
마음에 가득히 담고
그저 끝까지 묵묵히 가기 바랍니다.

너는

너는 지난날에도
꽃보다 향기로운 그리움이었고
별보다 빛나는 보고픔이었네.

너는 지금도 내게
꽃보다 향기로운 그리움이고
별보다 빛나는 보고픔이네.

너는 먼 훗날에도 내게
꽃보다 향기로운 그리움일거고
별보다 빛나는 보고픔일 거네.

널 말하는 거야

꽃처럼 아름답고
향기는 고왔어,
아침이슬처럼 영롱하고 맑은 눈동자.
바람에 기분이 좋은 듯 살랑거리는 몸짓.
생명이 다하는 날까지
그립게, 보고프게 사랑하고 싶은
그렇게 멋들어진 사람.

널 말하는 거야.
너 아니면 내가
누구한테 이런 말을 하겠어.

사랑하러 가는 길

그대에게 가는 길은
꽃길보다 아름다운
사랑하러 가는 길.

나비처럼 살랑살랑 갈까?
벌처럼 빨랑빨랑 갈까?

어떻게 가든
항상 중요한 것은
어떤 일이 있어도 방향을 잃지 않고
언제나 그대에게 무사히 당도하는 것.

오늘도 나는
어제와 마찬가지로
꽃길보다 아름다운 길 따라
그대에게로 사랑하러 간다.

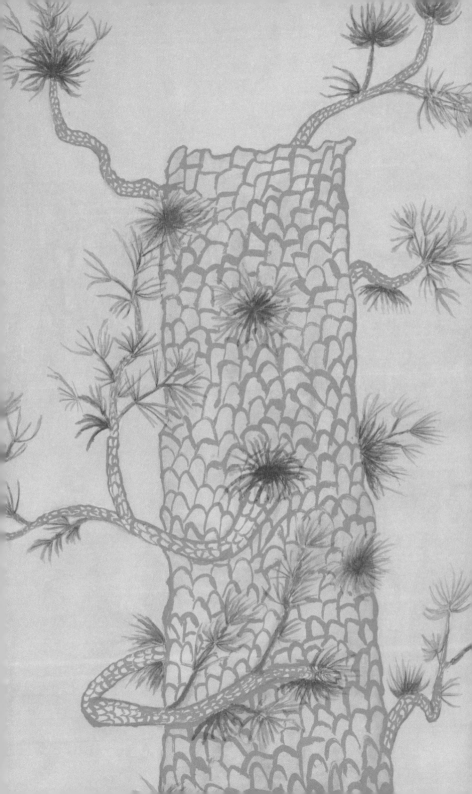

사랑하면

왜 내 걱정을
니가 하냐고 물었지.

사랑하니까,
너를 정말로 사랑하니까.

사랑하면
니 걱정이 내 걱정이 되는 거
그 게 사랑 아니겠어?

광합성

그대에게 행복의
인사말을 날마다 전하며
살아가는 내 마음은
오늘도 햇살이 비춰
푸르게, 푸르게
광합성을 하고 있구나.

따듯한 햇살에
광합성을 하는
내 마음엔 좋은 생각만이
가득가득 채워져
아무것 먹지 않아도
배부르게 든든하구나.

행복한 감옥

너를 보고
내가 빠진 것은
사랑이었어.

너에게 빠져버린
사랑으로 인해
맨 날 너를 보고 싶은 마음에
나는 정복당해 버렸어.

너는 다름 아닌
내 사랑의 감옥,
너는 세상 어디에도 없는
나의 행복한 감옥이 되어 버렸어.

마음

나는 너를
그리워했다.

나는 너를
보고파했다.

이제 나는 너를
어루만지고 싶다.

느낌 1

느낌이 좋다는 것은
마음속에 꽃이
피어나려 한다는 것이다.

사랑의 꽃이
피어나려 한다는 것이다.

한 번 피면
죽을 때까진 지지 않는
아름다움 그대로
향 고움 그대로,

언제까지나
내 마음속에 살림을 차리고 살
그런 영원한 사랑꽃이
피어나려 한다는 것이다.

4

우리의 사랑이란

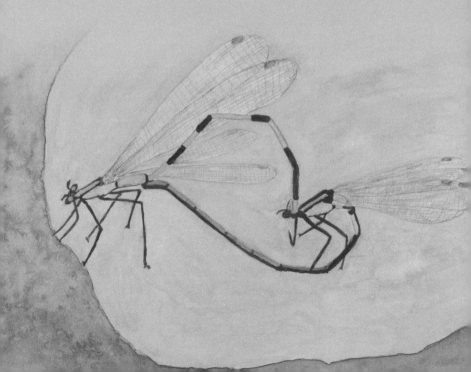

나는 그대와 함께

그대가 있어,
내 사랑을 받아주는 그대가 있어
내 사랑이 즐거울 수 있고
행복할 수 있는 것입니다.

그대는 나의 아름다운 사랑이어서,
결코 종지부를 찍을 수 없는 사랑이어서
이 세상 끝나는 날까지
나는 그대와 함께
언제까지나 살아가고 싶습니다.

심장이 먼저 대답한 사람이 있다면

누가 내 이름을 불러도
심장이 대답한 적 없이
입으로만 대답한
수많은 사람들 속에서

심장이 먼저 대답한 사람이 있다면
심장이 먼저 콩닥거리며
대답한 사람이 있다면

그 사람은 바로 너.

해바라기라는 이름처럼

아무리 짙은 비구름이
해를 가릴지라도
얼마 안가 비구름은 걷힐 것이고
그 비구름이 걷힌 자리엔
해가 그대가 되어
세상을 찬란하게 비출 것입니다.

그러면 나는 수줍지만
그대라는 해를 향해서
잠시도 한눈을 팔지 않고 눈을 맞추며
한 생을 살다가는 해바라기가 되어도 좋습니다.

해바라기라는 이름처럼
그대라는 해만을 바라보며 살아갈 때
이승에서 나는 가장 행복하게 살다가는 것입니다.

나는 오래 살고 싶다

내가 오래
살기 위해서가 아니라
너를 오래도록
사랑하기 위해서,
나는 오래살고 싶다.

내가 오래
살기 위해서가 아니라
너와 오래도록
행복하게 살기 위해서,
나는 오래 살고 싶다.

카푸치노를 마시며

나는 오늘도
카푸치노를 마십니다.
카푸치노가 맘에 들어
다른 것은 찾지 않고
커피를 마실 때가 오면
늘 카푸치노만을 마십니다.

나는 한번 맘에 들면
쉬 질려하지 않습니다.
아주 오랫동안 아껴줍니다.

아, 그대도 그렇습니다.
아, 사랑도 그렇습니다.

나는 너를 사랑하기 위해서

사랑하기 위해서
사랑하지 않았네.

혼자 있으면 바람이 불지 않아도
외로움으로 흔들리는 세상이란 들녘에서
나는 사랑하기 위해서 사랑하지 않았네.

그동안 나는 너를 사랑하기 위해서
너를 만나 사랑하기까지는
진정 나는 아무도 사랑하지 않았네.

사랑에게 하는 말

손에 꽉 쥐고 있어야
내 것이 되는 것은
진정한 내 것이 아니야.
손에 꽉 쥐고 있어야만
내 것이 되는 것은
구속을 목적으로 하는 것이기 때문이니까.

손에서 놓아 주었는데도
도망가지 않고 내 곁에 머물 때야
진정한 내 것이 되는 거야.
사랑은 구속이 아니라 자유이기 때문이지.
자유를 주었는데도 내가 좋다며
내 품을 파고들 때,
그때서야 참다운 사랑이 되는 거야.

연리지 사랑

둘이,
같이,
함께,

너와 나
연리지로 만나는
그런 사랑을 하자.

어떤 일이 있어도
죽을 때까지
붙어 살아가야 하는,
사랑 중에 사랑인
연리지만한 사랑이
세상에 어디 또 있겠는가!

우문현답

뭐 좋아하는 거 있어?

너!

우리의 사랑이란

우리 사이에
조그마한 간격이라도 있다면
그 간격 간격마다
영원히 지지 않는 꽃을 심어
언제까지나 그 향기에 도취되어 살아가는
그런 사이가 되었으면
정말이지 좋겠다.

우리의 사랑이란
이토록 아름다운
우리의 삶을 언제까지나 하나로 묶어
변치 않고 천년만년
행복하게 살아갔으면
정말이지 좋겠다.

단짝이 되어

내게 꿈이 있다면
네게도 꿈이 있겠지.

내 꿈이 소중하면
네 꿈도 소중한 것이지.

나도 꿈을 이루며 살고
너도 꿈을 이루며 살아야지.

함께 날아오르자,
한 쌍의 비둘기 하늘을 나는 것처럼.

이게 너와 내가 만나 서로 사랑하며
단짝이 되어 한 세상 멋지게 살아가는 이유다.

느낌 2

나는
느낌이 좋은 사람
너에게서
내 사랑의 꽃이
피어났으면 좋겠다는,
그런 소망 하나
간직하고 살아간다.

아, 나에게선
너에 대한 느낌이
오늘도 점점 좋아만 진다.
좋아만 져 곧 너는
나의 사랑이 될 것 같아서
나날이 가슴 뜨겁게
나는 네가 그립다.

마음의 길

나에게는 그대에게로 가는
마음의 길이 있어 참으로 좋습니다.
또 그대에게도 내게로 오는
마음의 길이 있어서 너무나 좋습니다.

그대와 나에게 있는
이런 마음의 길이 만나서
환한 웃음 번지는
사랑의 길이 되어줘서 정말이지 좋습니다.
행복의 길이 되어줘서 정말이지 좋습니다.

너는 참 사랑스럽군

많은 미사여구를 붙여
너의 아름다움을 예찬할
필요는 없을 것 같다.

오히려 미사여구를 붙이는 것이
너의 아름다움을 깎아 먹는 것 같으니까.

담백하게 한마디만 하여라.
'너는 참 사랑스럽군.'

사진만 봐도 좋은 사람

컴퓨터 바탕화면에 웃는 모습으로 있게 하든
핸드폰 모바일창에 살갑게 실려 있게 하든
지갑 속 잘 보이는 곳에 넣어둬
지갑을 열 때마다 보이게 하든
이제 그 게 꽃이 아니라,
꽃보다 더 좋은 사람이 생겨,
바탕화면을, 모바일창을, 지갑 속을
꽃보다 더 좋은 사람의 사진으로 채우고 싶다.

그리고 그렇게 사진만 보고 있어도 좋은 사람이
나에겐 그대였으면 좋겠다.
나에겐 그대가 그런 사람이 되어주면 정말로 좋겠다.

너를 사랑하자

너를 사랑하자
행복 아닌 것이 없네.
너를 사랑하면서 흘리는 눈물마저도
낮엔 햇빛에 걸리고 밤엔 별빛에 걸리네.

너를 사랑하자
행복이 되지 않는 것이 없네.
너를 사랑한다는 것 바로 그 자체가
이미 나와 내 주변을 행복으로 만들어가는
행복의 원천이기 때문이네.

너를 사랑하면 할수록
참으로 내가 행복해져
세상마저 아름답네.

사랑 3

잘 난 것 없다고,
내세울 것 없다고
기죽어 살지는 마세요.
주눅 들어 살지는 마세요.

짚신도 짝이 있다는 말을
마음으로 믿고선
진심을 갖고
사랑하는 사람에게로 다가가 보세요.

사랑에서만큼 진심이
빛을 발하는 것도 없는 게
사랑이 지니고 있는 가치니까요.

지극한 정성으로 사랑하는 사람에게
일편단심의 눈빛을 보내다보면
언젠간 이룰 수 있는 날도 있는 것이 사랑이니까요.

너와 나의

너와 나의
미움보다
위에 있는 것,

그것은 바로
너와 나의
사랑이겠지요.

너를 사랑한다는 것만으로도

너를 사랑한다는 것만으로도
오늘도 나는 충분히 행복하여라.

내가 언젠간 너를 사랑한다고
입을 빌려 말을 했던 건
너에게만 오롯이 내 사랑을 주겠다는
평생의 약속이었네.

그 약속 오늘도 내 가슴속에서
심장처럼 뛰고 있네.

사랑금술은 저절로 좋아질 거야

사랑하는 사람이 좋아하는 것을
좋아할 수 있다면, 그 사랑에는
다툼이 별로 없을 거야.

아니 다툼은커녕 좀 더 가까운 사이로
더욱 발전해 있을 거야.

사랑을 하려면 될 수 있는 한
상대가 좋아하는 것을 좋아해주는
그런 사랑을 하길 바래. 그러면
사랑금술은 저절로 좋아지게 될 거야.

사랑의 바탕

외로워서
사랑한다는 사람을 가끔 보게 돼.
하지만 외로움이
사랑의 바탕이 되어서는 안 되는 거야.

사랑은 외로움이 사무쳐서 하는 것이 아니라
설렘이 온통 마음을 가득 채워
그 사람밖에 보이지 않을 때, 그때 하는 거야.

사랑의 바탕은 지독한 외로움이 아니라
깊게 콩깍지 씌운 설렘이어야 해.

이것이 그대와 내가

슬픔은 금방 지나가지만
기쁨은 오래갈 것입니다.

불행은 금방 지나가지만
행복은 오래갈 것입니다.

그대와 내가 함께 하는 한
따뜻한 커피를 마시며
웃음을 주고받는 시간은
우리의 인생에서
점점 길어져만 갈 것입니다.

이것이 그대와 내가
만난 이유니까요.
이것이 지금 그대와 내가 만나
살아가는 이유니까요.

시로 쓴 연서

내가 쓴
나의 아름다운
사랑시가
언제나 그대에게
머물길 바라면서

고이고이 내 맘이 담긴
시로 쓴 이 연서를
오늘도 그대에게
보냅니다.

풀꽃

내 모습을 보고
수수하다고 말해도 좋아요.

그러나 내가 지닌 사랑만큼은
다른 어떤 꽃보다도
향 곱고 화려하다고
감히 나는 말 할 수 있어요.

그대는

그대가
어디에 있냐고요?
걱정하지 마세요.

그대는 숨고 싶어도,
숨기고 싶어도
숨겨지지가 않아요.

그대는 어디에
어떤 모습으로 있든
눈에 띄게 빛나는 사람이니까요.

이젠 살아가고 싶다

너를 바라보면
나의 눈빛은
절로 그윽해진다.

너만을 바라보아
너로만 가득 채워진 내 눈빛.

지금 너를 바라보는
나의 이 눈빛이
내 운명의 사랑이 맞다면

해바라기가 해를 바라보듯
달맞이꽃이 달을 바라보듯

나도 그렇게 너만을 바라보며
평생을 너에게 머물러서
이젠 살아가고 싶다.

◆경기도 양평에서 음력 1966년 3월 26일, 아버지 이선종(홍주 이씨)과 어머니 김복수(경주 김씨) 사이에서 6남 1녀 중 넷째로 태어남.

◆1973년 8살에 청운초등학교에 입학을 했으나, 학교가 다니고 싶지 않아 중간 치기를 일삼자, 동생 하나 학교에 데리고 다니지 못한다고 아버지가 누나와 형 둘을 매타작을 하고, 저 역시 많이 맞았으나 끝까지 학교를 가지 않자, 아버지께서 "내년에는 잘 다닐 거냐"고 해서 "그러겠습니다"고 해서, 1974년 9홉 살에 청운초등학교에 입학해 학교를 다님. 여덟 살 때는 외할머니께서 저를 어떡하든 학교를 다니게 하려고 애를 쓰셨으나, 제가 끝까지 제 주장을 꺾지 않자, '저 놈이 나중에 크게 되거나 아니면 깡패두목이 될 거라'고 하셨다고 함.

◆1975년 초등학교 2학년 때부터 책에 관심을 갖기 시작함. 이때는 많은 책을 읽지는 않았지만, 책에 관심을 갖고 읽기 시작했다는 것이 제 생각을 바꿔놓기 시작함. 저는 제가 책을 잡고 읽기 시작한 것을 천운이라 여기고 있음. 초등학교 2학년 때는 홍역을 앓아 많은 날을 학교에 빠짐.

◆1977년 초등학교 4학년 때부터 우등상장을 타기 시작하며 공부에 흥미를 가짐. 국어과제로 〈동시지어오기〉를 선생님께서 내주셨는데, 제가 써간 동시를 보고 "참 잘썼다"고 아낌없이 칭찬을 해주심. 이때부터 위인전을 비롯한 책을 더 많이 읽기 시작했고, 글짓기에도 관심을 갖고 동시와 산문을 쓰기 시작함. 1978년 5학년 때 우등상장과 개근상을 받음. 이때 담임선생님의 추천으로 〈반공웅변대회〉에 출전해 입선을 함. 또한 〈반공글짓기 대회〉

에서 장려상을 수상함. 이때부터 남 앞에 서는 것을 본격 시작함. 졸업식 때 〈우등상장〉과 〈개근상〉 및 〈표창장〉(1980.2.20) 받음.

◆1980년에 청운중학교에 입학함. 〈표창장〉(1980. 11. 22.)받음. 1981 년 중2 때 급우들의 투표로 반장(1981. 3. 14. 임명장 받음)에 뽑힘. 〈반 공도서 독후감 발표〉에서 우수상 받음. 〈한국안보 교육협회가 주최한 반 공 독서 감상문〉에서 〈최우수상〉 받음. 1982년 중3 때 급우들에 의해 반 장(1982. 3. 8. 임명장 받음)으로 선출됨. 제 60회 어린이날을 맞아 양평군 교육장이 수여한 〈표창장〉(1982. 5. 5.) 받음. 〈제 16회 육림의 날 글짓기 대회〉에서 우수상 받음. 〈청운제〉라는 가을축제 때, 시 두 편이 시화로 만 들어져 전시됨. 중학교 졸업식 때 〈3년 개근상(1983. 2. 15.) 받음.

◆1983년에 청운고등학교에 입학함. 급우들에 의해 반장(1983. 3. 7. 임명 장 받음)으로 선출됨. 〈1학기 중간고사 우수상〉 받음. 〈4대 질서 지키기 글짓기 대회〉에서 우수상 받음. 〈표창장〉(1983. 5. 9.) 받음. 〈1학기말 교 과 성적 우수상〉 받음. 1984년에 반장이 하기 싫어, 반장을 하고 싶어 하 던 친구를 밀어 뽑았지만, 담임선생님께서 저와 급우들이 선출한 반장이 자격조건이 안 된다며, '네가 해야 된다'고 믿음을 주서서 다시 반장(1984. 3. 5. 임명장 받음)을 맡게 됨. 〈학도 애향대 창설 1주년 기념 글짓기 대회 〉에서 우수상 받음. 〈호국교육원〉에서 〈경기도내 반장과 부반장을 대상 으로 실시하는 나라사랑 호국 교육과정을 이수(제19기. 1984. 10. 19. 수 료증 받음)함. 1985년에 전교생 투표로 학생회장(1985. 3. 12. 임명장 받 음)으로 뽑힘(다섯 명이 출마한 가운데서도 58% 득표율로 당선됨). 〈교내 과학경시 대회〉에서 장려상 수상함. 이해 6월 달에 둘째 형이 위암으로 사 망함(많이 슬펐지만 고3이라는 특수성 때문에 공부와 글짓기로 슬픔을 달 램. 지금도 좋은 일이 있으면 형의 부재로 인한 가슴앓이를 함. 졸업식 때 〈공로상〉과 〈개근상〉 및 〈표창장〉(1986. 2. 14.)을 받음. 이 고3 때 〈신춘 문예〉나 〈문예지〉 등단을 할 것인가 말 것인가를 결정하기 위해, 신춘문 예나 문예지로 등단을 시켜주는 나라가 몇 나라인지 살펴본 결과, 우리나 라와 일본, 두 나라뿐이라는 것을 알고는 세계적 추세를 따르기 위해, 또한 저 역시 책을 내서 독자들과 만나는 것을 선호해 〈신춘문예〉나 〈문예지〉

로 등단하는 것을 하지 않기로 결정함.

◆ 1988년 〈장기대기사유〉로 군을 면제받고, 2주간의 기초군사교육을 받음. 1989년에 경기지방공무원시험 산림직에 응시해 합격(1989. 6. 28. 임용장 받음)을 함. 나무를 좋아해서 산림직에 지원했으나 곧 사직함. 첫 시집 〈장미빛 연가〉(상아. 1989. 1. 20.) 출간 함. 1990년에 두 번째 출간한 시집 〈하나가 아닌 둘은 세상에 모든 것을 헤쳐 나가고도 남을 넉넉함 힘을 가지고 있습니다〉(영운기획·영언문화사. 1990. 8. 23.)다가 80만부가 팔린 베스트셀러가 됨. 경기지방공무원시험 행정직에 합격(1990. 12. 10. 임용장) 받음. 3개월 근무 뒤 사직. 이때는 고양군에 지원해 합격을 했는데, 이때 한창 고양군이 일산이 신도시 후보로 지정이 되어서 공무원 지원자가 많았고, 외부 사람들도 관심을 많이 보이던 곳인데, 글쓰기에 대한 애착을 벗어나지 못해 다시 사직함. 1991년에 경기지방 공무원 시험에 세 번째 합격했으나, 시인 및 작가로 성공하기 위해서 사직하고 더 이상 공무원에 미련을 거둠. 사실 이때가 제 젊은 날의 가장 갈등이 심했던 시기였지만, 저 자신을 믿고 작가의 길로 들어섬. 지금 와서는 가장 잘한 선택 중 하나로 여기고 있음. 세 번째 시집 〈새벽이 올 때쯤 나는 실종신고를 하고 싶다〉(영언문화사. 1991. 10. 15.) 출간함.

〈위에서 공무원에 대해 한 가지 더 언급하자면 이때는 현역으로 군대를 갔다 오면 5%의 가산점이, 단기사병으로 갔다 오면 3%의 가산점을 주는 특혜를 주었습니다. 이것은 말이 5%, 3%지, 제가 공무원 시험을 보았던 1990년에는, 공무원에 대한 처우개선이 좋아지는 시기여서, 붙으면 저처럼 사직을 하는 사람들이 거의 없었습니다. 그리고 이때 여성공무원들이 거의 없었던 것은 군대를 갔다 오면 주는 가산점의 벽이 너무 높아, 저처럼 공부를 잘한 사람이 아니면 붙을 수가 없었기 때문입니다. 그래서 어떤 사람은 저에게 가산점도 없이 공무원시험을 볼 때마다 붙은 것은 정말 공부를 잘했다는 증거라고 말해주기도 했습니다. 저 역시 얼마나 공부를 잘했냐고 물으면, 요즘은 군대를 갔다 오지 않아 가산점을 받을 수 없는 상황에서 3번의 공무원을 붙은 것을 말해줍니다. 이거면 되었지 달리 더 말할 것이 뭐 있나요. 이렇게 공부를 잘했고, 책도 2000여 권을 소장하고 있기에 지식을 기반

으로 하는 글을 쓸 수 있는 것입니다.〉

〈여기서 고양군 원당읍사무소를 사직을 할 때 일 하나를 소개하겠습니다. 제가 공무원을 사직하려고 하자, 원당읍사무소 읍장님으로 계시던 신동영 읍장님께서 저를 불러서 군청 공보실로 보내줄 테니 사직을 철회할 것을 권하셨습니다. 제 시집이 베스트셀러 1위에 올라있던 것을 아시고, 저를 잡으려고 하셨던 것인데, "저는 공무원보다 작가로 성공해 보겠습니다."라고 말씀을 드렸더니, 제 의지가 확고한 것을 아시곤 저의 성공을 빌어준다면서 보내주셨습니다. 공무원에게 공보실은 예전이나 지금이나 꽃보직에 속합니다. 제가 글로서 성공을 하고 있지 않았다면, 공무원생활 3개월을 하고 떠나는 신출내기 공무원을 읍사무소 읍장님께서 불러 직접 만류를 하셨을까요? 이렇듯 자신의 가치는 자신이 더 노력해 높여가면, 주위에 반드시 알아봐주는 사람이 생기는 것입니다. 저를 잡으셨던 이 신동영 읍장님은 나중에 지방자치제의 시행에 따라 출마를 해서 민선 1·2기 고양시장님을 지내셨는데, 민선 2기 업무를 보시던 중 쓰러지셔서 별세를 하고 말았습니다. 그때 민선 시장님이 되시는 걸 보고 왜 읍장님이셨을 때, 저를 잡은 이유를 알게 되었습니다. 공보실은 뭐니뭐니해도 글을 잘 쓰는 사람을 최고로 쳐주는 곳이니까요. 각 신문사의 기자들에게 보도 자료를 항상 써서 배포하는 곳이 공보실이라, 또 선거철에도 글을 잘 쓰는 사람은 참으로 유용하게 쓸 수 있으니, 20대 중반의 나이에 베스트셀러 1위를 낸 제가 마음에 드신 건 어쩌면 당연한 일이었을 것입니다. 그래서 저는 지금도 저를 중용하시려고 했던 고 신동영 시장님을 잊지 않고 있습니다.〉

◆1993년 네 번째 시집 〈잊지 않고 기억한다는 것은 너에게 어떤 의미로 남겠다는 것〉(영언문화사. 1983. 1. 15.) 출간함. 책을 내다보니 대학의 필요성은 느껴져서 1994년에 〈서울과학기술대〉에 〈문창과〉가 신설된 것을 알았지만, 2년제로도 충분할 것 같아 명지전문대 문창과에 입학함. 명전을 다니면서 〈이미 하나인 우리 더욱 하나가 되고 싶다〉(영언문화사. 1995. 4. 20.) 출간함. 1996년 2월 24일에 명지전문대 문창과 졸업. 〈그대 삶에서 한 가지〉(영언미디어. 1996. 12. 20.) 출간함. 이때 낸 시집의 제목은 모두 사랑시집 같지만, 사랑시 몇 편 외에 나머지는 모두 일반시로 채워져 있

는 일반시집임. 〈그대 삶에서 한 가지〉를 출간한 이후로, 잠시 책을 내는 것을 중단하고, 4년 동안 독서와 창작에만 열중함. 이때 많은 시와 출판기획서 등을 만들어내며 출판기획자로서의 생활도 시작함.

◆2000년 그동안 중단했던 책을 다시 출간하기 시작함. 1990년에 낸 시집 〈하나가 아닌 둘은 세상의 모든 것을 헤쳐 나가고도 남을 넉넉함 힘을 가지고 있습니다〉란 제목은 같지만, 1990년에 낸 시는 전혀 들어가 있지 않고, 새로 쓴 시와 기존에 다른 시집에 실려 있던 시들을 모아 〈시화집〉(윤북클럽. 2000. 11. 25.)을 출간함. 종로서적 등 서점에서 베스트셀러에 오르기도 했으나, 분란에 휩싸여 제가 6000부를 끝으로 더 이상 시집을 찍지 않는 결정을 내림. 돈보다 출판사 사장님들과 인간관계를 더 중시해 그만 찍고 분란을 일으킨 사장님들을 화해시켜보려 했으나 불발됨. 이 시화집에 실려 있던 〈선물〉이란 시가 〈월간 레이디경향 2001년 3월호에 실림). 2000년부터 인터넷 발달로 인한 컴퓨터가 기하급수적으로 늘면서, 베스트셀러에 올랐던 시 〈하늘〉을 비롯해 많은 시가 독자들에 의해 인터넷에 올려 짐. 이때부터 인터넷상에서도 유명시인이 됨.

◆2002년에 〈가끔은 따뜻한 가슴이 되고 싶다〉(아름다운날. 2002. 8. 20.) 출간됨. 〈살아가는 동안에 그대만큼 그리운 사람 또 있을까요〉(풀잎문학. 2002. 12. 15. 시집부문 베스트셀러 4위에 오름)란 시집을 출간함. 두 책이 인기를 누리며 팔리면서 4년 동안 책을 내지 않으면서 준비한 출판기획서 등이 팔리면서 시에만 전적으로 의지했던 책의 출간을 산문으로도 넓히는 계기가 됨. 그리고 이때 다시 4년제 대학의 필요성을 느껴 편입을 준비함. 하지만 일이 바빠서 편입을 2년 정도로 더 미루기로 함. 〈지금 가장 깊이 사랑하고 싶은 사람이 있다면〉(청해. 2002. 12. 10.) 출간함.

◆2003년에 출판기획서 《내 삶을 바꿔주는 희망편지》(아름다운날. 2003. 8. 20.) 출간함. 〈하늘〉이란 시가 〈독자들이 뽑은 명시 모음집, 사랑의 선물〉(여울미디어. 2003. 12. 15)에 실림. 생각하게 하는 꽁트집 《마음이 마음을 만날 때》(빛과 향기. 2003. 12. 15) 출간함.

◆2004년에 〈서울과학기술대 문창과〉에 편입했으나 여전히 바쁜 생활 때문에, 학교를 제대로 다니지 못해 제적을 당함. 그래서 그 대안으로 시간을 자유롭게 사용할 수 있는 〈경희사이버대 미디어 문창과로 재 편입〉을 함. 이때 서울과학기술대의 학점 당 등록금은 5만원이었는데. 경희사이버대 문창과는 학점 당 8만원이어서, 오프라인 대학인 서울과학기술대보다 3만원이 비쌌지만 지금 와서는 참으로 잘했다고 생각하는 일 중에 하나임. 이때 바쁘게 생활하면서 저의 많은 발전을 이룩함. 시집 〈그리운 사람 보고 싶은 날엔〉(2004. 2. 27.) 출간 함. 산문집 〈어찌 그대를 사랑하지 않을 수 있을까요〉(2004. 4. 29.) 출간함. 그리고 그동안 시집으로 먼저 독자들과 만나온 저는 정식등단의 필요성을 느껴, 그간의 등단을 하지 않겠다는 생각을 접고 이탄 시인님의 추천을 받아 〈미네르바, 2004년 가을호〉로 등단함(이탄 시인님은 계간 '미네르바'를 창간한 시인임). 시민단체 〈환경운동연합〉 회비회원으로 활동함. 영언문화사 출판기획팀장으로 근무함.

◆2006년에 〈오늘도 마음에〉(풀잎. 2006. 8. 1.) 출간함. 〈경희사이버대학교 미디어문창과 여름학기 졸업〉함. 시민단체 〈부정부패추방실천시민회 간사〉로 활동함.

◆2008년부터 다시 한 번 모든 책 출간을 중단함.

◆2011년 2월 24일 〈국립합창단의 창작합창축제〉에 제 시 〈하늘〉이 당대의 유명한 시인들과 함께 합창곡으로 만들어져 지금도 불리어지고 있음. 유튜브에서 〈하늘-코리아남성 합창단〉을 검색하면 들을 수 있음.

◆2012년 5월 13일에 국민대학교 조형대학에서 실시한 〈제13회 국민대학교 조형대학 전국 고등학생 조형실기 대회〉에서 시를 과제로 채택했는데, 3편의 시 중 제 시 〈우리는 우리의 손을〉이란 시도 과제 시로 채택됨.

◆2014년에 그간 출판기획 일을 하면서 살던 생활을 마무리하고 출판기획서 〈무엇이 되든 행복한 사람이 되어라〉(아름다운날. 2014. 3. 7.) 출간하면서 본격적으로 다시 책을 출간하기 시작함.

◆2015년에 〈한국작가회의 가입〉(2015. 1. 10). 출판기획서 《사람공부, 인생공부》(아름다운날. 2015. 2. 9.) 출간함. 〈이미 하나인 우리 더욱 하나가 되고 싶습니다〉(아인스북. 2015. 7. 29.)란 시집을 출간함.

◆2016년 8월 달에 〈하늘〉이란 시 일부가 〈서울대학병원〉에 〈걸개시〉로 걸림.

◆2017년에 출판기획서 《나는 힘을 내기로 했다》(아름다운날. 2017. 2. 17.) 출간됨.

◆2018년에 〈살아가는 동안에 그대만큼 그리운 사람 또 있을까요2〉(아인스북. 2018. 1. 10.) 출간됨.

◆2019년에 〈입맞춤〉(지혜. 2019. 3. 20.)이란 시집이 출간 됨. 이 시집은 좀 의미가 있는 시집으로 2006년까지 낸 시집 중에서 독자들이 인터넷에 좋다고 올려놓은 시 중 제가 80편을 추려서 낸 시집으로, 계간 〈애지〉를 내는 출판사에서 출간을 해서 더 의미가 깊은 시임. 특히 중앙일보 신춘문예에 〈평론〉으로 등단을 한 반경환 주간님이 "시 재밌게 읽었습니다. 인세를 지불하고 출간을 하겠습니다."란 문자를 보내줘서 저를 더 기쁘게 해주었던 시집임. 평론가라면 참으로 많은 시집을 읽었을 텐데, 제 시를 읽고 '시 재밌게 읽었다'라는 말씀을 해줬다는 것은, 제가 가장 듣고 싶어 했던 제 시에 대한 평이었으므로, 이 시는 출간이 되었다는 것만으로도 제게 있어서는 아주 의미 있는 시집임. 시가 재미있으려면, 이전에 이와 비슷한 시를 보지 못했을 때만 나올 수 있는 말이어서, 저는 이 시 평 하나를 얻은 것만으로도 이 〈입맞춤〉이란 시집에 매우 만족하고 있는 중임. 〈한국작가회의 자유실천위원회 주최, 제주 제2공항 건설 반대집회 참석〉(2019. 10. 22.). 〈6·15 민족문학인 남측협회 결성식 참석〉(수운회관. 2019. 11. 20.).

◆2019년, 저는 초등학교 다닐 때부터 그림 그리는 것에도 재능이 있어서, 특히나 사람이던 로봇이던 만화주인공을 거의 흡사하게 그려내어서, 친구들 중에 배우려는 친구가 있어서 가르쳐 줬을 정도로 잘 그렸었는데, 중학

교에 입학을 하면서부터 그림은 절대 그리지 않고, 공부하고 책 읽고 글을 쓰는 데만 열중했었다가, 2019년에 재능이 있던 그림도 그리고 싶어, 그림 그리기를 시작했는데 생각한 것보다 잘 그려져서 현재 그림 그리는 재미에도 푹 빠져 살고 있는 중임.

◆2020년 환경운동연합 회비회원으로 다시 활동을 시작함(2020. 6. 5.). 〈통일문학관 개관식 참석〉(파주시 만우리 소재. 2020. 6. 6.). 한국작가회의 자유실천위원회·민족문제연구소 주최 〈친일문인 김기진 팔봉비평문학상 폐지촉구 집회 참석〉(마포구 북앤빌딩 앞. 2020. 6. 19). 2020년 7월 현재를 기점으로 앞으로 5년 동안 실행에 옮길 계획을 밝히면, 우선 이번에 나온 시집 〈그리운 그대 쪽으로 내 고개가 돌아가네〉가 역사에 좋은 시집으로 남을 것임. 이 시집을 시작으로 앞으로 올해 나오는 두 권의 시집을 포함 적어도 8권의 시집을 출간할 예정임. 이어서 지금 그리고 있는 그림을 포함, 잘 그린 그림 100점을 추려서 〈시인, 자신이 그린 그림을 말하다〉를 3년 뒤인 2023년에 출간을 해, 독자들에게 그림도 잘 그리는 시인의 진면목을 보여주고자 함. 〈시인, 자신이 그림 그림을 말하다〉는 제 인생이 다하는 날까지 총 5권을 출간할 예정임. 또한 제가 경험하고 겪은 일을 기록한 자서전 같은 책 두 권을 2년 뒤에 출간 예정에 있음. 그리고 지금부터 4년 5개월 뒤엔 그때까지 그린 그림 중에, 좋은 그림을 선정해 제 시와 함께 전시하는 〈시와 그림 전〉을 열어, 시와 그림을 함께 감상할 수 있는 특별한 개인전을 열 계획임. 또한 지금 준비 중에 있는 지식을 기반으로 하는 책도 10여권 이상 출간예정에 있음. 아울러 출판사도 차리고, 〈교육·국방·문화·복지·환경〉에 관심이 많은 저는 시민단체에 적을 두거나 새로이 차려서 더 좋은 나라를 만드는 일에도 적극 참여해, 제 삶의 지평을 넓혀가는 인생을 앞으로도 꾸준히 살아갈 것임. 마지막으로 〈네이버 검색창〉에 〈이동식〉이나 〈이동식 시인〉을 치면 제 인물정보가 뜸.

E-mail: lpp3210@naver.com